거울아 거울아

거울아 거울아

글·그림 다드래기

오장수 편

네오
카툰

차례

/

거울아 거울아 _ 오장수 편

1화 / **오장수입니다**

● 내 이름은

오장수입니다.

스물네 살입니다.

복학생입니다.

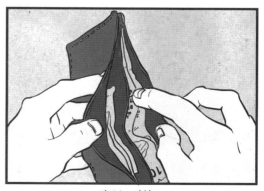

잔고는 이천….

● 예비역

군생활은 정말 별로였습니다.

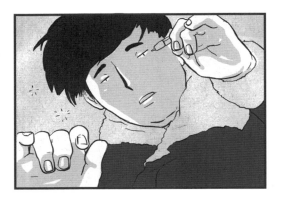

정말 별로였어요.

● 여자친구

제 여자친구 정선이입니다.

● 고마운 정선이

여자 복학생하고는
다들 잘 놀아주니?

뭐…
그럭저럭…

정선이는 나 때문에 휴학을 했습니다.

너보단…
잘 지내는 듯?

뜨끔

미안.

농담이야~

정말 고마운 아이예요.

● 산책

산책을 좋아합니다.

지나가는 사람을 봐요.

모르는 사람을 보는 건 재미있습니다.

우리도
커플링 하자.

저 사람도 나를 모르니까요.

● 답답해

답답한 게 많습니다.

해야 할 일도 많고요.

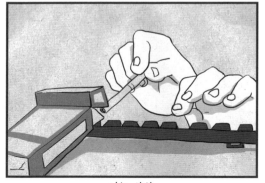

나는 사실

게이인 것 같습니다.

2화

/

가
족

● 아버지

● 어머니

장수 왔니.

아아~ 엄마 옷 갈아입는데~.

미안-

오늘 성당 반상회라서

조금 소란스러울 건데 괜찮지?

● 생각과 말과 행위로

나는 이 세상을 심판하러 왔다.

보지 못하는 이들은 보고

보는 이들은

눈먼 자가 되게 하려는 것이다.

후-.

● Kyrie

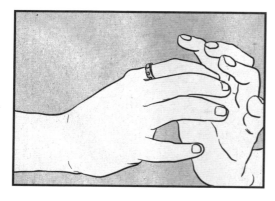

3화

/

데이트

● 누느님

● 리마인드 밸런타인

● 천일 만에

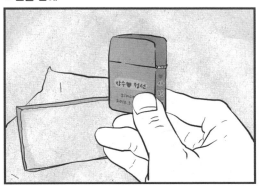

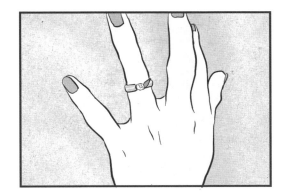

● 남다른 선택

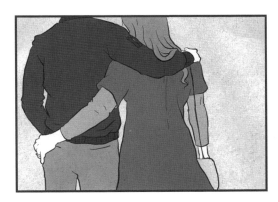

● 귀가

● 라면

4화

/

아무일도

계란 없는데
괜찮지?

없으면 뭐 어때서-

● 먹고 갈래?

● 급체

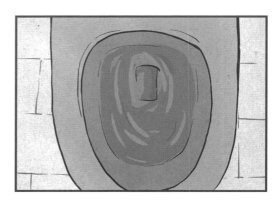

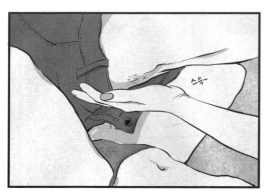

● 기시감

오장수, 야,
오 이병 괜찮나?

우웨엑!

술 먹을 일은 내 건데
네가 취하면…

박 병장님~.

분대장님 돌아오세요~.

뭐이 시발놈아?
어떻게 한 제대인데.

● 금연구역

그 후로 술은 끊었지만

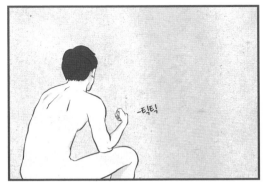

-틱틱

담배를 배웠습니다.

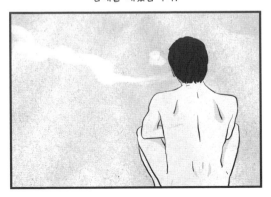

내 방에선
피우지 마.

어, 미안….

● 그리고

개새끼.

5화

/

제자리걸음

● 나랑 얘기 좀 해

"ㅇㅇ"

● 꾸역꾸역

● 아무 일도 없었다

뭐… 3년 동안
한 번도요.

......

입대 직전부터 사귀어서
가까워지질 못했어요.

서툴가보다
제대하면 괜찮겠지.

말년 휴가 때는
헤어지려고도 했는데…

할 말 없어?

그때
첫 키스를 했거든요.

22

● 2012년 MT

장수야 나랑 사귀자.

다음 주에 나,

군대 가는데…?

그러니까 얼른 사귀자고!

커억!

와~ 36기 드디어 사귀는구나~

부럽다.

● 의미 없다

오늘부터 1일!

어… 어?

엠티를 4년 내내 개근해도 나는 왜 이 모양이냐~.

● 동아리 오빠

…

처음부터

마음에 없었거나

여자 생긴 거다.

6화

/

우리는 처음부터

장수 면회 가면
방 잡고 마시곤 했는데.

나쁜 새끼.

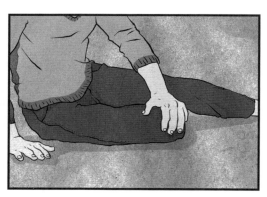

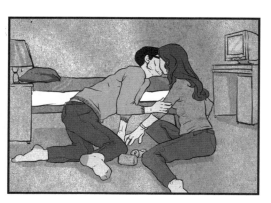

헤어지면 안 돼?

오기로 만나는 거잖아.

표창을 주는 것도 아니고

더 이상
수절도 아니잖아.

● 몸이 멀어지면

목매단 건 아니에요.

그동안 인턴십도 하고 등록금 버느라 바빴고

남자 보고 다닐 입장이 아니라 생각하니까

다른 마음도 안 들었어요.

지금도 늦은 건 아니야.

후우….

● 참으로 눈먼 자

너희가 눈먼 사람이었으면

오히려 죄가 없었을 것이다.

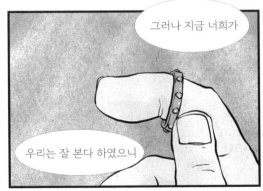

그러나 지금 너희가

우리는 잘 본다 하였으니

너희 죄는

그대로 남아 있다.

27

● 그날의 새벽

7화

/

교차

처음부터 맘에 안 들었어.

붙임성도 없는 놈이

말 없는 분위기에
여자애들이 홀려서는…

정선이 너마저
좋아할 줄 몰랐지.

개새끼가

배가 불러서는.

● 질투

오빠, 자연대 출범식에 장수는 안 들어가요?

● 주마등

전 좋아하는 사람 있어요.

걔 군대 가는 거랑 물려서

안 될 것 같은데 왜?

아…

군대 가요?

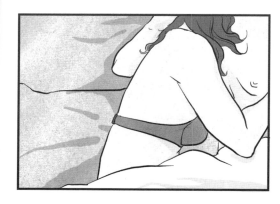

……

● 그날의 고해소

몸이 먼저 사랑을 말하고
마음이 가는 게 당연한가요?

마음만이라도 사랑하면
되는 거 아니었냐 말이죠.

남녀가 사랑한다는 게
몸으로 끌리는 게 당연하다는

그런 전제인 건가요?

인마,
당연한 거 아냐?

● 죄와 죄

형이 우리 본당에 있을 거라곤
생각도 못 했어요.

뭐, 출신 본당 강론 행사야.
다음 주에 청소년사목국으로 가.

고해소에서 이러고 나온 거
비밀이야 인마.

'죄'인가?

● 여기서 보네

8화

/

눈 뜬 자

● 박 병장의 기억

박 병장님~
머리는 왜 밀고 그래요.
그렇게 힘들어요?

박 병장님 안 계셔서
외롭습니다아~

오 이병, 내일 귀대라며
얼른 들어가야지~

● 고의

순대집에 3월 외상값
빨리 주고 와.

물품 3시에 오니까
얼른 힘쓰게.

네네~

나 먹을 것도 사야…
…응?

34

● 연락해

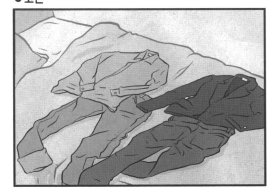

● 고민

뭐 입고 나가지?

분명히 고의야.
돈 되는 거 하나도 없어….

오장수
똥 싸냐?!
얼른 나와!

무슨 생각 하는 거야…

35

● 얘기 좀 하자니까

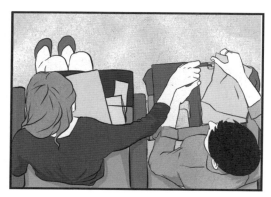

9화

/

포기

오늘 알바…
안 가지?

어? 어….

내일
오픈이긴 한데….

힉!
기름 튄다!

● 어떻게 하지?

● 반복

어떻게 하지…?

아, 잠깐…

잠깐만 잠깐만!
미안, 잠깐만….

미안….

● 비겁해

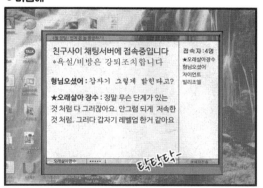

친구사이 채팅서버에 접속중입니다
*욕설/비방은 강퇴조치합니다

형님오셨어: 갑자기 그렇게 밝힌다고?

★**오래살아 장수**: 정말 무슨 단계가 있는
것 처럼 다 그러잖아요. 안그럼 되게 저속한
것 처럼. 그러다 갑자기 레벨업 한거 같아요

● 포기

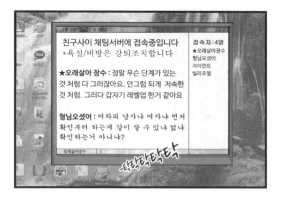

친구사이 채팅서버에 접속중입니다
*욕설/비방은 강퇴조치합니다

★**오래살아 장수**: 정말 무슨 단계가 있는
것 처럼 다 그러잖아요. 안그럼 되게 저속한
것 처럼. 그러다 갑자기 레벨업 한거 같아요

형님오셨어: 어차피 남자나 여자나 먼저
확인 부터 하는게 같이 잘 수 있냐 없냐
확인하는거 아니냐?

마음만 다하면 된다는 게

형님오셨어: 어차피 남자나 여자나 먼저 확인 부터 하는게 같이 잘 수
있냐 없냐 확인하는거 아니냐?
자이언트: 갑자기 레벨 업 하는게 어딧어 처음부터 니가 서버를
잘 못 탔어. 여자랑 뻔히 못자면서 너는 니가 게이인줄 알면서
비겁하잖아

정답은 아니었어.

39

● 시도

10화
/
아름다운 날들

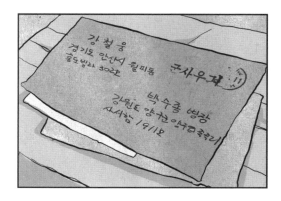

● 어색해

학교는 다닐 만해?

네, 뭐 그럭저럭.

● 휴지통

꼭 군대에서 변비에 걸리는 이유는 뭘까….

두 잔 주세요.

박 병장님, 제가 낼게요.

아냐- 학생이 무슨 돈이야-.

삼천 원입니다.

● 남자들

그 파릇파릇하던 오이도 이제 아저씨구먼.

그래도 남자티 좀 나네.

저, 이제 오 이병 아니에요.

나도

박 병장 아닌데?

● 초소의 밤

왜 근무만 서면 똥이 마려울까?

그렇지 말입니다.

오이, 잘 보고 있어라. 나라는 똥 누고 지킬라니까.

조심히 다녀오십시오.

● 애인 있어요?

11화

/

미확인 생명체

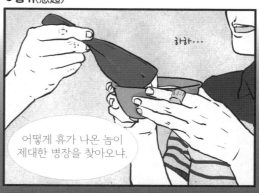

하하···

어떻게 휴가 나온 놈이
제대한 병장을 찾아오냐.

불러낼 여자친구도 없고
처량하네.

많이 먹어라.

● 연결과 반복

…알고 있었어?

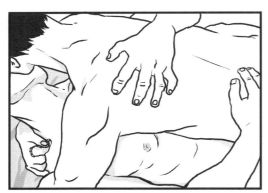

● 확인 생명체

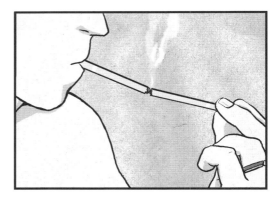

너 아직
나 말곤 없었냐?

진짜네?

● 다음에는

12화

/

미지와의 조우

● 세수

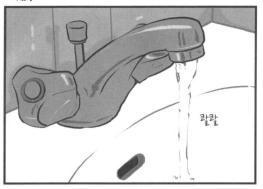

● 답은 이미

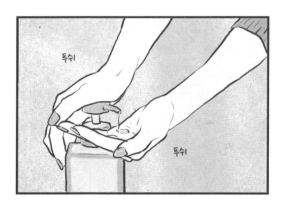

● 다른 약속

● 독립영화관

● 조우

● 유구무언

13화

/

화

● 누구에게

그룹과제 제출이 아직 안 된 팀이 있는데

다음 주부터 바로 평가인데 너무 여유로운 거 아닌가?

아니에요~.

서둘러서 해.
과제 낼 거 아주 많아-.

● 적반하장

그 태도는 뭔데?

그동안 거들떠보지도 않았으면서.

비겁하게 대화라고는
다 피해 다니고.

적반하장도 유분수지.

네가 나한테….

아니야.

● 열외

너한테 화난 거 아니야.

네 잘못 아니야.

● 치욕

좋아해 장수야,
지금도 엄청나게 좋아해.

나한테 화도 안 나는 사람을
그렇게 좋아하다니

진짜 싫다.

이 씨발새끼야-.

55

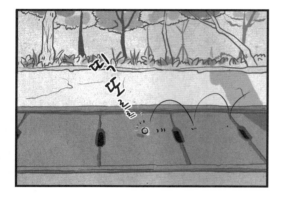

14화

/

꿈

● scene #1

● scene #2

야 진짜라니까?

모텔 드나드는 거 딱 걸렸어.

보는 눈도 많은데 학교 근처에서.

간도 크지 않니?

끼익

주섬 주섬

● scene #3

형제 여러분,

구원의 신비를 합당하게 거행하기 위하여

우리 죄를 반성합시다.

전능하신 하느님과

형제들에게 고백하오니

생각과 말과 행위로 많은 죄를 지었으며,

끼이—익

자주 의무를 소홀히 하였나이다.

●컷

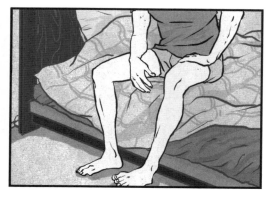

●비몽사몽

15화

/

미
몽

● 만취

야- 사람을 꼬이려면
점진적인 단계가 있어야지.

너, 내 꺼 해라 하면 다 되냐?

뚜루루루

전화를 받을 수 없어
소리방으로 연결됩니다.

북 장단도 못 치는 놈이
연풍대를 돌리고 그래.

연결된 뒤에는
통화료가 부과됩니다

지랄들을 한다.
통화하는 거 안 보여?

조용히 좀 해.

싸리-

봐줘요 언니-.
애들 간만에 놀잖아~

● 자니?

뚜루루-

야, 괜찮아?

나쁜 놈, 진짜 안 받네.

뚜루루 -

어이구- 우리 혜희
김밥 먹었네-.

우웨 엑!

그런다고 지철 내가 아니다아~

뚜루

야 이, 시끄러워!
여기까지 따라오냐?

아, 정서니 싸리~.

혀 꼬지 마.

여보세요?

● 어떤 년

똥간 앞에 두고 왜 거기서 토해!

술 많이 마셨네.

오, 오장수!

나 원래 너보다 더 잘 마시잖아?

그만하고 자라.

이 나쁜 새끼야.

너도 그날 모텔 갔잖아.

● 비밀

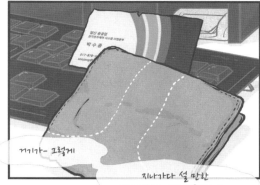

거기가- 그렇게

지나가다 설 만한 그런 자리가 아니야 등신아-.

너는 나 따위한테 화도 관심도 없겠지만

나는…!

나는… 화가 나!

변명을 해보란 말이야!

● 무응답

정선아, 괜찮아?

동석 오빠 불러줘 으으…

우선 일어날 수 있겠어?

● 안녕, 거기

16화

/

어설픈 시작

SNS도 안 하고
스마트폰도 이렇게 서툴고

커뮤니티 내부라도

장수 너의
상세한 정보는 자제해.

하하··· 정곡을···

연애는 어떻게 했나 몰라?

일부러 그런 거 유포하면서
걸고 들어오는 새끼들이 있거든.

이발한 거 잘 어울린다?

네네-.

형

저랑 사귈래요?

66

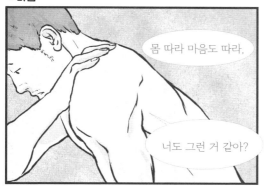

몸 따라 마음도 따라,

너도 그런 거 같아?

이 바닥이 시장이 좁아서
좋은 놈 찾기는 더 힘들지만

모르긴 몰라도
동석이 형이라는 선배

웬만하면 모험보다 연애를 해.

그동안 네 여친한테

엄청 마음 줬을걸?

나같이 연애 세포 없는 놈 말고.

● 어려운 것

잘 알고 있겠지만

게이가 되는 건 아주 gay*하고도 힘든 일이야.

*gay〔gei〕: '명랑한, 즐거운'이라는 뜻도 있다.

연애는 더 어려운 거야 인마.

● 시작과 끝

17화

/

차가운 안녕

● 전부

● 문자의 주인

● 사과의 주체

괜찮겠어? 데려다줄게.

됐어. 바로 우리 집 앞이잖아.

군대 있을 때

정선이한테 잘해준 거 알아요.

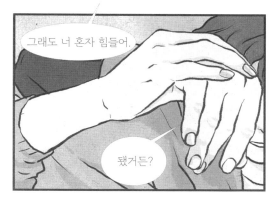

그래도 너 혼자 힘들어.

됐거든?

너 참 여러모로 개념 없다?

미안하다.

무슨 생각으로
동석 오빠랑 술을 마셔?

● 취중조심

너 때문이잖아.
너랑 마셔서 취한 거잖아.

● 차가운 안녕

끝이다, 연락하지 마.

이놈의 술-.

얘기할 뻔했다….

18화

/

탄생

● 주어 없음

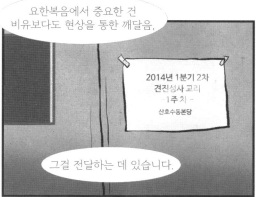

● 엄마야 누나야

아 엄마 진짜~
나는 연말에 받는다 그랬잖아.

마음대로 교리 신청하고-.

시끄러!

마침 이번에
우리 성당 차례잖아?

욕인가?

장수도 막 제대해서
얼빠져 있을 때, 같이 받아야지.

왜- 저번에 교부철학 들으러 다닐 때
교구청에 작은 신부님이

장수 꼭 이번에는 교육받으라고-.

작은 신부…? 아.

● 임제록

나는 못 하겠어.

너한테 죄라고 못 하겠고
그래서 보속*도 못 주겠어.

너 이 자식이 예수쟁이한테
화두를 던지냐.

니가 부처야? 씽-.

부처를 만나면 부처를 죽여라.

*보속: 죄를 보상하거나 대가를 치르는 일. 고해성사 때 사제는 신자에게
알맞은 보속을 부과한다.

● 원상 복귀

누나, 이거

● "가입인사"

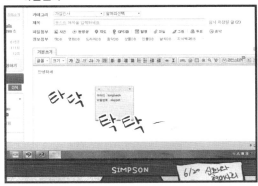

타탁

탁탁

3월에 빌린 돈.

아~ 착하네~

정보첨부　책DB　|　영화DB　|　드라마DB　|　음악DB　|　상품D

기본쓰기

글꼴　▼　크기　▼

탁탁탁!

안녕 |

근데 너 커플링은?

툭툭

아, 진짜

누가 보는 것도 아닌데 쪽팔려.

굵적

굵적

벌컥

야, 오장수.

● 대면

● 아멘

그리스도의 몸.

아멘.

"보는 이들은 눈먼 자가 되게 하려는 것이다."

대답은, 다음에요.

뭘 그렇게 야리냐, 한판 싸워 이기게?

"나는 이 세상을 심판하러 왔다."

나 옷 갈아입고

국밥집 가서 쐬주나 땡기자.

"보지 못하는 이들은 보고"

끝

1부 오장수 편 인터뷰 도움 주신 분들
장단쇠, 태미, gochan
여러 조언 주신 동인련문예모임

감사합니다.

거울아 거울아 – 오장수 편

© 다드래기, 2015

초판 1쇄 인쇄일　2015년 6월 19일
초판 1쇄 발행일　2015년 6월 26일

지은이　다드래기
펴낸이　정은영
편집　이책 유석천
디자인　배현정 강효진
마케팅　이대호 최금순 최형연 한승훈
홍보　김상혁
제작　이재욱 김춘임

펴낸곳 네오북스 | 출판등록 2013년 4월 19일 제2013-000123호
주소 121-897 서울시 마포구 양화로 6길 49
전화 편집부 (02)324-2347, 경영지원부 (02)325-6047
팩스 편집부 (02)324-2348, 경영지원부 (02)2648-1311
이메일 neofiction@jamobook.com | 커뮤니티 cafe.naver.com/jamoneofiction

ISBN 979-11-5740-116-1 (04810)
　　　979-11-5740-115-4 (set)

이 도서의 국립중앙도서관 출판예정도서목록(CIP)은 서지정보유통지원시스템 홈페이지(http://seoji.nl.go.kr)와
국가자료공동목록시스템(http://www.nl.go.kr/kolisnet)에서 이용하실 수 있습니다.(CIP제어번호: CIP2015015499)

이 책에 실린 내용은 2014년 9월 17일부터 2014년 12월 24일까지 레진코믹스를 통해 연재됐습니다.